Pas de whisky pour Méphisto

Mini Syros Polar

Couverture illustrée
par Antonin Louchard

ISBN : 978-2-74-850547-4

Pas de whisky pour Méphisto

Paul Thiès

MiNi
SYROS

Si vous voulez, je vous raconte ce qui est arrivé avec Méphisto et le whisky. Méphisto, c'est mon chat, et il est noir, mais noir ! Noir comme le charbon, noir comme le chagrin, beaucoup plus noir que le fond du plus profond des chapeaux, avec une longue queue recourbée, très chaude et très douce.

Parfois, je suis triste, j'ai envie de pleurer, ça arrive. Alors Méphisto saute sur mes genoux, puis sur la table. Il piétine la rédaction qui ne démarre pas, les divisions qui se noient, les multiplications qui s'embourbent. Il ronronne et me caresse le bout du nez du bout de sa queue, et ça me console.

Méphisto, c'est sûrement un sorcier déguisé en chat.

Il a des yeux scintillants comme des étoiles, une voix qui monte et descend plus vite que celle d'un violon. Il vagabonde sur les toits gris et froids, traverse silencieusement la nuit, renifle le lapin dans la Cocotte-minute et le lait chaud dans la casserole... et il devine toujours ce que je pense.

Moi, c'est Microbe. Bonjour !

J'ai les cheveux blonds, les yeux bleus, cinq taches de rousseur, pas plus, plus deux sur le nez, et de gros ennuis en calcul.

Des ennuis horrrribles, avec des tas de zéros.

Ennuis-calculs, ennuis-cauchemars...

Heureusement, il y a Miloud, mon meilleur copain, un grand, la tête pleine de chiffres et une bosse des maths plus grosse que sa tête. Son père casse des rues au marteau-piqueur. Ils habitent au même étage que nous, la première porte à droite, juste sous les toits, là où même l'escalier a du mal à grimper. Des hivers à enrhumer un bonhomme de neige, des étés à dessécher un dragon. Une chambre plus petite qu'une tasse de café.

Maman et moi, on est en face. Notre chambre est plus petite qu'une petite cuillère. Je dors par terre, et mes doigts de pied raclent contre le mur. Maman travaille au restaurant du rez-de-chaussée, à laver la vaisselle et à frotter par terre. Son patron s'appelle monsieur Félix ; il est gentil et, le soir, il me laisse visiter les marmites, farfouiller les restes, lécher le fond des plats.

Miloud adore compter et recompter, soustraire, additionner des choux, des carottes et des robinets de baignoire. Il m'aide pour mes devoirs. Mais parfois, la prof déclenche une interro écrite atomique. Alors, catastrophe, je récolte un plein panier de zéros. Et Méphisto me console. Il saute sur mon épaule, se frotte contre ma joue, me raconte des histoires gentilles, et j'oublie les problèmes, et mes problèmes.

Un vrai sorcier !

Et puis, un jour, il y a le cambriolage, en face, chez le bijoutier. Deux heures du matin. Deux coups de revolver. Deux millions envolés. Et des policiers partout au 14, rue Saint-Fiacre. Nous, Maman et Méphisto, et Miloud et son père, on habite au 13, rue Saint-Fiacre.

Les fiacres, c'étaient les taxis d'avant les taxis, avec des chevaux qui tiraient, et de grandes roues de bois sur les côtés. En hiver, quand la nuit tombe, je patauge dans la neige, et je joue à me faire peur. J'imagine les fantômes des fiacres de la rue Saint-Fiacre.

Ils grincent. Ils bringuebalent et rebondissent. Ils grondent sur les pavés, énormes, sinistres, encapuchonnés de nuit, lourds comme des marteaux et sombres comme des fours. Et ce ne sont pas des chevaux qui les traînent, ça non !

Des panthères géantes. Des pumas immenses. Des jaguars et des tigres pareils à des montagnes. Et noirs ! Noirs pire que Méphisto, avec des yeux de braise, des crocs semblables à des sabres de feu.

Et ils roulent, roulent dans la rue, galopent d'un trottoir à l'autre, me guettent derrière le coin en croquant des pavés pour s'aiguiser les dents. Et les tigres, les jaguars, les pumas de l'ombre reniflent l'odeur du chocolat dans mon cartable et celle du dernier croissant au fond de ma poche, et surtout l'odeur du petit Microbe qui fonce vers la porte.

La porte ! Ouf, c'est fini !

Je retrouve le restaurant avec les lampes jaunes et les toiles cirées à carreaux, Maman qui rigole par-dessus les assiettes sales, et Miloud, à califourchon sur la rampe, qui me crie :

– Salut, Microbe ! 123 par 321, combien ça fait ? T'as dix secondes pour répondre !

Méphisto rôde sous les tables. Il cherche une flaque de lait, un bout de viande, un poisson en balade... ou deux-trois gouttes de whisky. Méphisto, il adore le whisky ! Mais il ne faut jamais lui en donner.

D'abord, le whisky, c'est beaucoup trop cher. Et puis ça le rend fou. Dingue ! Maboul.

Deux gouttes, et il braille à pleine gueule, sort des ongles-couteaux et des griffes-poignards. Il ouvre ses mâchoires pour avaler un lion entier, et il oublie tout : la viande, les odeurs, les souris, et même moi...

Bon. Mais aujourd'hui, pas la peine d'imaginer des fiacres fantômes. Dans la rue j'entends des sirènes, des ambulances, des journalistes, des caméras, des policiers qui suivent des traces.

Des traces...

Des traces qui conduisent chez nous.

Alors, les policiers traversent.

Ils envahissent le restau, flairent les assiettes, éventrent le frigo, soulèvent les couvercles des marmites, et puis les marmites, et puis les plaques de fonte sous les marmites. Ils comptent les fourchettes et les tranches de jambon, les ronds de serviette et les croûtons de pain, et même les grains de sel dans les salières.

Ils montent l'escalier.

Ils frappent à la porte, fouillent partout.

Ils frappent à la porte d'en face, fouillent partout. Et au fond d'une vieille valise, ils découvrent une montagne de billets.

Ils crient, annoncent aux journalistes que ça y est, ils tiennent les coupables.

Le père de Miloud explique qu'il économise depuis des années pour acheter la petite épicerie du 16, en face du restau, et qu'il ne fait pas confiance aux banques ; il préfère la vieille valise.

Personne ne l'écoute : clic clac, les menottes.

Miloud revient de l'école, avec ses cheveux frisés, son vieux cartable et un 20 sur 20 en maths : et clic clac pour lui aussi, sauf qu'on le mettra dans une prison spéciale pour enfants, jusqu'au procès.

Ils partent dans la camionnette bleue. La sirène me déchire les oreilles. Miloud, il comptera quoi, là-bas ? Les barreaux de la fenêtre et les jours de l'année.

Je crie, je flanque des coups de pied à tout le monde, et un joli coup de dent au commissaire. Maman m'attrape par le cou :

– Tais-toi, Microbe !

– Mais... Faut pas les enfermer ! Faut pas !

Elle soupire :

– Tais-toi, ou on aura des ennuis... Tu veux que le patron nous jette à la porte ?

Ça me fait vraiment peur. Comme dit Maman, l'argent ne pousse pas sous les sabots d'un cheval... ou sous les roues d'un fantôfiacre.

La nuit. Maman dort, Méphisto dort, roulé en boule sur le coin de mon oreiller. C'est tellement silencieux que ça me brûle les oreilles. J'ai du chagrin, ça me creuse. Je commence à rêver de gigots, de frites, de glaces géantes. Je me rappelle que le plat du jour, c'était du poulet-pommes sautées !

Je file sans réveiller Maman. Méphisto ne bouge pas : il rêve de dessins animés où enfin, enfin ! le chat croque la souris.

Je descends lentement l'escalier. Soudain Méphisto arrive, avec ses yeux de lune, ses oreilles effilées, la queue en point d'interrogation. On dirait qu'il cherche à me parler... Je chuchote :

– Laisse-moi passer.

C'est drôle, il veut m'empêcher de continuer. Il se fourre sous mes pieds, griffe mes pantoufles, miaule d'une voix furieuse. Pourtant, je ne remarque rien de spécial. La salle du restau est plongée dans l'obscurité. De la cuisine endormie m'arrivent des odeurs formidables...

La dernière marche.

Méphisto se débrouille si mal que j'écrase sa queue. Il grogne, gratte, gronde.

– Dis, tiens-toi tranquille. T'auras ta part !

Il crache et recrache, de l'électricité jusqu'au bout de ses moustaches. Dans la cuisine, je déniche des bribes de blanc, des bouts de cou, une aile presque entière. Je croque à belles dents quand...

Une lumière !

Une lumière dans la pièce, derrière le restau.

À cette heure-ci ?

À pas de loup, avec des ruses de serpent, discret comme une souris, j'avance, j'approche...

Il me tourne le dos. Il compte de l'argent. Tant d'argent que même Miloud ne saurait pas calculer si loin. Et pour s'aider à compter, il s'est servi un énorme verre de whisky.

Monsieur Félix.

Le bon monsieur Félix, le doux monsieur Félix, qui nourrit presque toute la rue.

Monsieur Félix qui a traversé la rue Saint-Fiacre avec deux revolvers à l'aller et deux millions au retour...

Méphisto est tout raide. Sa queue ressemble maintenant à un point d'exclamation. Ses yeux ronds, pareils à des pièces d'or, me crient :

– Je t'avais prévenu ! Je t'avais prévenu !

Je retiens mon souffle. J'oublie de respirer. Je ne pense qu'à une chose : filer, disparaître, tomber dans un trou de souris, m'aplatir sous le tapis.

Mais il y a le whisky ! Un verre lourd et brillant, noyé sous les billets. Deux glaçons flottent sur leur petite mer dorée, s'entrechoquent doucement...

Les yeux de Méphisto s'accrochent aux glaçons.

Il m'oublie. Il oublie tout.

Il saute sur la table, renverse le verre, lape précipitamment le whisky, le poil hérissé, les griffes enfoncées dans les liasses. En cinq minutes, il en déchire au moins pour cinq mille euros. Ce chat, il aurait dû être un chat de riches !

Monsieur Félix se lève, se retourne, me reconnaît.

– Microbe !

J'ai envie de crier : « C'est pas moi ! »

Mais c'est moi, eh oui, minuscule, avec les tables et les chaises qui dorment derrière moi, en troupeau, comme des vaches et des moutons de bois.

Méphisto miaule bizarrement, zigzague sur la toile cirée, de vilains éclairs rouges et violets au fond des yeux.

Et dans les yeux de monsieur Félix, ça danse... une petite flamme méchante, brûlante, hurlante, cherchant qui dévorer.

– Microbe...

Il respire-sanglier, ouvre des mains de gorille... Il avance. J'ai le choix : l'escalier ou la rue.

Pas l'escalier ! Maman est là-haut ; il ne faut pas la mettre en danger.

Reste la porte, la rue, la nuit...

D'un saut je suis dehors, à galoper sur les pavés.

Courir... courir... De temps en temps, je jette un coup d'œil derrière moi. Il me poursuit en haletant, en grognant. Dans le silence qui recouvre Paris, ses pas éclatent comme des coups de feu. La rue Saint-Fiacre se déroule, étroite, ténébreuse, interminable...

Plus la peine de jouer à la peur.

Plus la peine de convoquer des pumas monstrueux et des tigres ensorcelés, de guetter en frissonnant les roues fantômes des fantôfiacres. C'est la vraie peur qui galope sur mes talons.

Boulevard Poissonnière... Deux ou trois voitures, un vague taxi, des lampadaires fatigués, des balcons endormis. Et les pas précipités, impitoyables, qui crépitent dans mon dos en rafales de mitrailleuse.

Boulevard Bonne-Nouvelle il me rattrape presque. Drôle de bonne nouvelle, pour le pauvre Microbe. La dernière, la toute dernière nouvelle dont j'entendrai parler...

J'en peux plus, je trébuche, je m'étale le nez par terre, si violemment que mes taches de rousseur se détachent presque.

Monsieur Félix me tombe dessus comme une avalanche.

Il n'a rien dans les mains, ni revolver ni couteau. Pas la peine : ses mains suffisent.

Il soupire, secoue la tête :

– Dommage, petit Microbe. Tu es vraiment trop curieux.

Je regarde partout, en vain : le boulevard est plus vide qu'une télé en panne. Je veux crier, mais ça ne donne qu'un gargouillement minable. C'est la fin.

Il répète :

– Dommage... Enfin, je donnerai un jour de congé à ta mère, pour l'enterrement.

Il fait craquer ses doigts.

Serre plus fort.

Plus fort.

Et là !

Il pousse un hurlement, me lâche, saute sur le trottoir comme s'il apercevait le diable en train d'acheter un billet de loterie.

C'est Méphisto !

Un Méphisto féroce, furieux, qui griffe et laboure la tête de monsieur Félix, jusqu'au sang.

Méphisto miaule, monsieur Félix hurle, et moi je braille. Ça fait qu'en cinq minutes tout recommence : les policiers, les ambulances, les caméras.

Monsieur Félix se retrouve avec des kilomètres de taffetas sur le visage. On le force à tendre les poignets et... clic clac ! Cette fois, c'est la bonne. Bonne nouvelle pour Miloud !

Dans notre chambre, je caresse Méphisto. Il ronronne, cet ivrogne, ses yeux brillent, pareils à des diamants jaunes. Je l'embrasse sur les moustaches. Il déteste ça, mais il ne le montre pas.

Il bâille, prend l'attitude innocente et respectable d'un chat distingué, un chat de salon, un chat de château et de chapelet, un chat en chapeau haut de forme, un chat de lady qui ne boit jamais que du thé, *yes, my dear little boy*.

– T'es arrivé juste à temps.

– Rrrroonn... Rrrrr...

– Comment t'as fait ?

Il cligne des yeux, fait le gros dos, l'air de rêver à des jungles lointaines : les sorciers ne sont pas des gens bavards.

– T'es passé par les toits, hein ? Tu lui as sauté dessus depuis une corniche...

Il secoue les oreilles, lèche tranquillement ses griffes aiguës.

Je l'embrasse encore. Sa fourrure est douce.

– T'es le plus chouette des chats, tu sais !

Il s'étire, se pose délicatement sur le rebord de la fenêtre et, d'un bond, disparaît dans l'obscurité.

Juste avant de m'endormir, je me demande à quoi ressemble son mystérieux royaume de gouttières et d'ardoises, de balcons et de cheminées.

Voilà. Miloud et son père sont revenus, et ils ont acheté la fameuse épicerie. Après l'école, Miloud et moi, on aide à la vente. Il me prête une blouse bleue tellement trop grande pour moi que je perds mon chemin entre les deux manches.

Mais c'est marrant d'apprendre à me débrouiller parmi les sacs de noix et de raisins secs, les entassements de boîtes de conserve et les rangées de bocaux.

Et, dites donc ! À force de rendre la monnaie, je deviens terrrrible en calcul mental ! De temps en temps, on se fabrique des additions incroyables :

81 oignons

+ 256 saucissons secs

+ 625 bocaux de gelée de groseille

= 962 cachets d'aspirine.

Maman travaille toujours au restaurant, au service du monsieur qui remplace monsieur Félix, mais elle traverse la rue de plus en plus souvent. Miloud, Méphisto et moi, on la regarde en rigolant. Mon chat sorcier ouvre tout grands ses yeux d'or et je lis dedans :

« Mariage ? Mariage ! »

Et pourquoi pas ? On boira du champagne. Et du whisky pour Méphisto !

L'auteur

Paul Thiès est né en 1958 à Strasbourg. Élevé à l'étranger (Buenos Aires, Madrid, Tokyo), il découvre la France à l'âge de dix-sept ans... avec surprise !
Il habite à présent Paris, adore le soleil, les terrasses, les corridas, les vacances, la viande grillée, les librairies, le vagabondage au hasard des rues et le printemps et même l'automne. Quant à ce qu'il déteste, la liste est bien trop longue...

Du même auteur

Aux éditions Syros :

Je suis amoureux d'un tigre, « Mini Syros Romans », 1999 (Sélectionné par le ministère de l'Éducation nationale)

Chez d'autres éditeurs :

L'École des sorciers, Casterman, 1995

La Rentrée des sorciers, Casterman, 1995

La Princesse aux cheveux verts, Rageot, 1996

Un printemps vert panique, « Heure noire », Rageot, 2004

Petit Féroce va à l'école, Rageot, 2005

Petit Féroce n'a peur de rien, Rageot, 2005

Finn et les pirates, « La Rencontre », Flammarion/Père Castor, 2005

Dans la collection « Mini Syros Polar »

Qui a volé la main de Charles Perrault ?
Claudine Aubrun

Crime caramels
Jean-Loup Craipeau

Le Chat de Tigali
Didier Daeninckx

Cœur de pierre
Philippe Dorin

Aubagne la galère
Hector Hugo

On a volé le Nkoro-Nkoro
Thierry Jonquet

Pas de pitié pour les poupées B.
Thierry Lenain

Armand dur à cuire !
Olivier Mau

Armand et le commissaire Magret
Olivier Mau

Armand chez les Passimpas
Olivier Mau

J'ai tué mon prof!
Patrick Mosconi

Aller chercher Mehdi à 14 heures
Jean-Hugues Oppel

Trois fêlés et un pendu
Jean-Hugues Oppel

Qui a tué Minou-Bonbon ?
Joseph Périgot
(Sélectionné par le ministère de l'Éducation nationale)

On a volé mon vélo !
Éric Simard

Pas de whisky pour Méphisto
Paul Thiès
(Sélectionné par le ministère de l'Éducation nationale)

Les Doigts rouges
Marc Villard
(Sur la précédente liste du ministère de l'Éducation nationale)

Menaces dans la nuit
Marc Villard

Mis en pages par DV Arts Graphiques à La Rochelle.
Achevé d'imprimer en France
par France Quercy - Mercuès

N° d'impression : 20254e - Dépôt légal : février 2012
Loi n°49.956 du 16 juillet 1949
sur les publications destinées à la jeunesse
N° d'éditeur : 10186540